POËME

SVR

L'EMBRASEMENT

ARRIVE' A GENEVE

sur le Pont du Rhosne,

Dés la nuit du lundy 17. jusques au jour du mardy 18. Janvier 1670.

Par

ABRAHAM BONNET

Maistre Potier d'estain,

Avec deux Figures; l'une representant le Pont & les quartiers voisins, tels qu'ils estoyent avant l'Embrasement, & l'autre comme il estoit Embrasé.

A GENEVE,

[illegible] vendent chez l'Autheur.

AVX LECTEVRS CHARITABLES.

MESSIEVRS,

Ce petit Livre auroit veu le jour il y a long-temps, ſi j'avois eu l'intention, en le compoſant, de le faire imprimer, & ſi j'avois creu qu'il en valut la peine. Il ſort en fin de la preſſe, parce que quelques-uns de mes Amis, &

particulierement ceux qui ont souffert dans l'Incēdie que je dèplore, lesquel ayans entēdu dernieremēt reciter mes vers, ont voulu qu'on les mit en lumiere. J'ay toûjours consideré Geneve comme un lieu où Dieu a mis son chandelier, & comme l'azyle de plusieurs fideles; je m'y suis retiré il y a prés de vingt-ans, je m'y suis marié, & Dieu m'y a donné dix enfans; l'habitude de mon sejour augmente continuellement mon Zele pour cette Cité libre & Evangelique. Je puis protester que je m'interesse autant pour elle, que ses plus anciens habitans & citoyens; sa prosperité & son adversité me touchent tres sensiblement. Si d'un côté j'admire avec joye la divine providence qui la conserve, de l'autre je suis affligé des maux qui l'affligent. L'embrasement du plus beau de ses ponts sur le Rhône demeurera toute ma vie dans mon cœur. Ayant demeuré au quartier perdu par l'embrasement, l'espace de quatre-ans & demi, où j'ay travaillé de ma profession de potier d'estain, & ayans lié amitié avec les habitans de ce lieu dèsolé, lesquels j'ay reconnu tres affectionnez à la patrie, & vivans dans une belle union: je n'ay pas peu m'empécher de témoigner mon regret sur la perte si prompte de tant de per-

sonnes

ſonnes qui m'honoroyent de leur amitié, j'ay fay ce petit Poëme à leur ſujet , pour être en pleur avec ceux qui ſont en pleurs. Vous trouverez beaucoup de défaut en la poëſie, les regles n'y ſont pas bien obſervées, comme ſi l'ouvrage partoit de la main d'un ſçavant autheur; mais puis que ie parle à des ames charitables, je m'aſſeure que leur charité ſupportera mes défauts, la charité ſupporte tout & endure tout. On excuſera facilement un homme ſans étude, qui ne ſçait autre langue que celle que ſa mere luy a enſeignée, & qu'il a commancé de parler au lieu de ſa naiſſance. On me dira que ces pauvres Incendiez n'ont pas eu le temps de parler comme je les repreſente, neantmoins on ne peut pas nier qu'ils parlent vray-ſemblablement. Dés l'autre pont voiſin on en a veu plusieurs levans les mains vers le Ciel, les autres à genoux; on a apperçeu des femmes ayans le feu à leurs juppes qui crioyent au ſecours, recommandans leurs ames à Dieu; en fin il faut confeſſer que ces brûlez ſont morts tres Chrêtiennement. Si ceux qui ſont échappez du grand danger, avoüent eux-mêmes qu'il n'avoyent jamais prié Dieu avec tant de zele & d'ardeur, qu'alors qu'ils ſe voyoyent environnez du feu; il faut preſumer que ceux qui ſont morts n'en ont pas fait moins, pendant qu'ils

 cer-

cerchoyẽt les lieux où le feu n'êtoit pas encore, ils ont eu le temps à ſe bien preparer à la mort. S'il y en a eu qui ayent été ſurpris en leurs licts en dormant ſans pouvoir parler, il ne faut pas douter qu'ils n'ayent bien recommandé à Dieu leurs ames en ſe couchant, ayans appris que le Seigneur doit venir comme le larron en la nuict, & qu'il n'y a perſonne qui puiſſe connoiſtre l'heure de ſa mort; Il faut donc croire que Dieu leur a fait miſericorde. Quant à ceux qui ſe ſont ſauvez de cet horrible embraſement, il leur à été bien fâcheux de ſe voir reduits dans l'état où ils ſont à preſent, ils ſe ſont veus comme s'ils venoyent de naiſtre, pluſieurs n'ont rien ſauvé de leurs maiſons ſinon leur vie avec grande peine; je les ay veu diſtinctement, étant leur proche voiſin, & j'ay veu auſsi des petis enfans tout en chemiſe qui n'auroyent ſçeu nommer le nom de pere & de mere, que l'on ſauvoit de main en main; Cependant l'hyver êtoit tres rigoureux, car depuis l'année 1614. le Rhône n'avoit pas été glacé, comme il fuſt alors, le froid fiſt mourir une tres grande quantité d'arbres ſur le pied. AMES CHARITABLES qui avez aſsiſté, reçeu, logé, & vêtu ces pauvres affligez, ne doutez pas que Dieu ne reçoive vos aumônes & vos ſacrifices,

ces, comme ceux de Corneille le Centenier; quiconque aura donné un verre d'eau froide au nom de Christ, il ne perdra point son salaire, ainsi que le Sauueur le dit luy même. Nous voyons tous les jours que les familles honorables & charitables prosperent, comme ils sement largement, ils moissonnent largement; Dieu benit leur negoce, il benit leur entrée & leur issuë, plus leur charité s'augmente, plus Dieu leur donné du bien: on n'a jamais veu aucune maison qui soit tombée en pauvreté pour avoir été charitable envers les pauvres, Dieu nous recommandant d'en avoir soin, il fournit suffisamment pour leur aider. Si un Roy ou un Prince auoit donné un mandement à quelqu'un de ses trésoriers pour payer une somme d'argent en son nom, & que le trésorier refusat d'executer l'ordre qu'on luy a baillé, le Seigneur ne conceuroit-il pas de l'indignation, & n'ôteroit-il pas toute administration au seruiteur desobeïssant, pour la donner à un autre. Dieu traittera les hommes sans charité, comme celuy à qui l'ame fût redemandée en la méme nuict en laquelle il commençoit a cercher son repos: puis que Dieu nous met entre les mains tout ce que nous possedons en ce monde, il nous a laissé les pauvres devant nos yeux que nous aurons

rons toûjours avec nous; Il y a eu des ames charitables hors de la Ville, qui ont témoigné publiquement leur charité, & d'autres qui n'ont pas voulu être nommez, se souvenans de ce que dit Iesus-Christ, que ta main droite ne sache ce que fait la gauche, Dieu ne manquera pas d'approuver & de benir la charité des uns & des autres. Au reste MESSIEVRS, qui avez eu soin des pauvres affligez & désolez, ou qui l'amentez leur misere, je prie Dieu de tout mon cœur, qu'il preserve d'un semblable malheur vôtre païs, vos maisons & vos personnes, & qu'il augmente vos biens de plus en plus, & qu'aprés vous avoir accordé icy bas les biens temporels, il vous donne ses biens eternels là haut au Ciel. Amen. Ce sont les vœux,

MESSIEVRS,

De vôtre tres-humble & tres-obeïssant serviteur, ABRAHAM BONNET Potier d'estain, natif de la ville de Metz.

POEME

Figure des Ponts du Rhosne tels qu'on les voyoit du costé du Lac auant l'embrasement.

A La Cité
B La Monnoye
C Tout le Cartier bruslé
D Tour de l'Isle
E Second pont
F St Geruais
G le Rhosne
H Reseruoir a Truittes
I Cemetiere de Plainpalais
K Tirage de l'arquebuse
L Riuiere d'arue

J.L.Durant Sculps.

Les Funestes Flammes du plus considerable des Ponts du
16 Rhosne à Geneve 70

POËME SUR L'INCENDIE

Arrivé à Geneve, sur le Pont du Rhosne, du Lundy au Mardy 17 & 18 Janvier 1670.

DANS le monde il n'eſt rien qui ne ſoit inconſtant,
Mal-heureux eſt celuy qui au monde s'attent,
Qui fonde ſon eſpoir aux choſes periſſables,
Qui ſont le plus ſouvent vaines & decevables.
Tel homme eſt aujourd'huy dans la proſperité,
Qui demain ſe verra dans la neceſſité,
Les richeſſes ne ſont qu'un oiſeau de paſſage.
Qui s'en vole & s'en va, ſelon que dit le Sage.
Vn faſcheux accident emporte tout le bien,

 D'une

D'une riche maison & ne luy laisse rien:
Les inondations & les grands incendies,
Les mal-heureux procés, les longues maladies,
Les tempestes de Mars, causes de plusieurs maux
Envoyent au grand galop mourir aux hospitaux.
Ce n'est que vanité de ce qui est au monde,
Tout est aussi mouvant que le sablon de l'onde,
L'homme sage doit donc posseder tout son bien,
Tout ainsi que celuy qui ne possede rien.
Puis que le monde passe & toute sa figure,
Nous n'emporterons rien dedans la sepulture;
Ainsi que l'homme vient en ce monde tout nû,
Il s'en retournera tout comme il est venu.
Vn certain * Conquerant avoit pour sa devise,
Qu'il n'emporteroit rien qu'une pauvre chemise:
Quand un riche mondain seroit poussé d'orgueil,
D'avoir un magnifique & superbe cerçueil:
Qu'Artemise viendroit encor prendre la peine,
De luy faire un tombeau d'un riche Calcedoyne.
Et qu'il seroit poussé par son ambition,
De preserver son corps de putrefaction;
A force de senteurs le rendre incorruptible,
Ce n'est que pour un temps, puis qu'il est impossible;

* *Saladin.*

De

De pouvoir empescher ce que le Createur,
Dit au premier Adam devenu transgresseur,
Tu és sorti de rien, & formé de poussiere,
Tu t'en retourneras en la mesme matiere;
Puis que tu és décheu de ton integrité,
La mort te destruira, & ta posterité.
Ce n'est rien que de l'homme & de sa courte vie,
Au plus beau de ses jours elle luy est ravie.
La mort fait tout ainsi comme au pré le faucheur,
Qui en coûpant le foin, coupe la belle fleur.
Les tombeaux sont creusez autant pour la jeunesse,
Qu'ils sont rendus bossus par la blanche vieillesse;
Celui qui croit qu'il est bien robuste & bien sain,
Porte le plus souvent la mort dedans le sein.

TESMOIN ces pauvres gens qui sont dans ma memoire,
Dont j'escris maintenant la deplorable histoire;
Qui se portoyent fort bien le jour auparavant,
C'est horrible mal-heur qui vint le jour suivant;
Ils sçavoyent que la mort leur estoit bien certaine,

Mais ils ne sçavoyent pas sa venuë incertaine;
Las! ils ne sçavoyent pas que leur délogement
De ce terrestre lieu, seroit si promptement.
Du lundy au mardy dix-sept, dix huitiéme
Du premier mois de l'an, seize cent-septentiéme;
Au milieu de la nuict le pont fust enflammé;
Car le feu par dessous s'estoit fort allumé,
Tout ainsi qu'un brusleau qui est tout combustible,
Fist un embrasement si grand & si horrible,
Que je ne pense pas que dessous le soleil,
Aucun homme vivant aye veu son pareil.
Le nombre des brûlez par ces horribles flammes
Est de cent vint & deux hommes, enfans & femmes;
Ie ne denombre pas ceux qui tombans de haut,
Se sauverent blessez par le perilleux saut,
Qu'ils ont esté contraints de faire en la riviere,
N'ayants pour se sauver point de porte derriere;
Ne pouvans s'eschapper du feu aucunement,
Qu'en se precipitans dans un autre element;
Et de plus la saison estoit beaucoup fascheuse,
Pour se jetter dans l'eau si froide & rigoureuse;
Car l'on n'avoit pas veu dés le siecle passé,
Ce fleuve violent si promptement glacé.
Ainsi qu'il arriva le vendredy en suitte,
Le jour troisiéme aprés l'incendie sus ditte.

Où

Où seroit l'inhumain voyant ces grands malheurs,
Qui ne soit amolli & qui ne fonde en pleurs,
D'entendre tant de cris du milieu de ces flâmes.
Ie pleure en premier lieu quatre innocentes * ames.
Si leur corps sont bruslés par cét embrasement
Leurs esprit sont au Ciel exempts de tout tourment,
A l'abry de tous maux dãs vn repos tres calme,
Ils moissonnent heureux, le laurier & la palme;
Pere, Mere, & Parens n'en soyez desolez
Vos enfans sont vers Dieu où ils sont consolez,
Ie sçay que me direz qu'il vous est trop sensible
De les mettre en oubli il vous est impossible,
Et que vos tristes cœurs en porteront le dueil,
Iusqu'à-ce que serez couchez dans le cercueil;
Las! vous n'estes pas seuls, il y en a bien d'autres,
Mais les mal-heurs d'autry ne guerissent les vôtres.
L'on a veu des maisons perir entierement,
Sans qu'il soit échappé un'ame seulement;
Dans ce brasier ardent si prompt & si funeste,
L'impitoyable mort à joüé de son reste;
Il y en eut beaucoup qui finissans leurs jours,
Ont donné gloire à Dieu par de tres beaux discours.
Dans un logis bruslant, ainsi qu'une chandelle,
Vne * femme tenoit six enfans aupres d'elle,
Leur disant, chers enfans, puis qu'il nous

Les 4. Enfans d'Abraham Moudry.

La femme de Iaques

faut mourir,

Aubert, six enfans, & sa servante.

Que nul homme vivant ne nous peut secourir,
Iettons nostre ancre au ciel où gist nostre esperance
Ayons en nostre Dieu une ferme fiance.
Invoquons sa bonté, luy crians tous merci,
Disons, si tu le veux, nous le voulons aussi :
Et n'apprehendons pas un si mauvais passage
Pour aller posseder le celeste heritage ;
S'addressant au plus jeune elle luy parle ainsi,
Helas ! mon cher enfant l'objet de mon souci,
Moy qui avois pour toy une telle tendresse
Que j'apprehendois tant, qu'une espingle te blesse ;
Lors que je t'entendois pleurer amerement
A ton petit berçeau je courois promptement;
Afin de t'appaiser, & pour te faire taire,
Ie donnois la liqueur qui t'estoit necessaire;
A present il te faut mourir avec moy,
En l'embrassant luy dit, mon enfant, baise moy,
Pour la derniere fois j'espan sur toy mes larmes,
Avant que de passer par ces cruelles flammes;
Les voilà prés de nous presques à demi pas
Eternel mon Sauveur ne m'abandonne pas;
Voilà les beaux discours de cette ame constante,
Tenant entre ses bras cette petite plante :
Tous ses autres enfans ne la quitterent pas,

Avec

Avec leur bonne mere ils allerent au trespas;
I'ay veu tirer leurs corps du fonds de la riviere,
Tous grillez & rostis d'une estrange maniere,
La Mere on reconnut soustenant de sa main
Son petit nourrisson attaché sur son sein.
C'est enfant de sa part, la tenoit fort serrée,
Dans ce piteux état elle fust enfermée
Avec tous ses enfans dans un même cerceuil,
Les tristes spectateurs avoyent la larme à l'œil,
En disans que jamais ne fust chose semblable,
Si on ne l'avoit veu, on la tiendroit pour fable.
Prés delà * sa cousine croyoit estre au moment
Auquel Dieu luy donroit heureux accouchement;
Car le jour precedent elle fust en la peine,
La matrone voyant son esperance vaine;
Luy dit, mon cher enfant, le temps n'est pas venu,
Le mal ne vous a pas encor fort detenu;
A demain au matin, toute chose nouvelle,
Si vous estes plus mal la nuit, que l'on m'appelle.
Mais alors qu'arriva cet horrible mal-heur,
C'est alors qu'augmentast sa plus grande douleur;
Quand son mari luy dit, helas ma chere femme,

*La femme d'Estienne Bastard en travail d'enfant, trois autres de ses enfans & un apprentif.

Nous voilà investis & de feu & de flamme.
Prenons tous nos enfans, depéchons, sauvons nous.
Sans tarder davantage ou bien c'est fait de nous,
Regarde la maison dessous toute embrasée,
Et que dans peu de temps on verra écrasée:
Viença, mon pauvre cœur, monte sur ce lavoir:
Ie vais passer delà pour te mieux recevoir:
Courage, avance toy, nullement ne t'estonne,
Ie prie le grand Dieu que la force il te donne.
Qu'il te conduise aussi par sa sainte bonté,
Et que pour ton Salut tourne sa volonté;
Qu'il vueille te donner heureuse delivrance,
Fay seulement un pas, tu es en asseurance,
Le feu n'est pas icy comme il est prés de toy,
Ma tres chere moitié je te prie haste toy:
La femme en tel estat n'estoit pas diligente,
Le fardeau de l'enfant qui la rendoit pesante,
Ne luy permettoit point de franchir un tel pas,
Ce qui par grand mal-heur luy causast le trépas,
Aux yeux de son mari elle tomba dans l'onde
Avec son pauvre enfant la moitié dans le monde.
Ie vous laisse, O Lecteur, à vous imaginer
Si un coup de couteau eust peu faire saigner,
Son desolé mari, voyant dans la riviere
Sa tres chere moitié,* qui dit en sa priere,
A Dieu mon cher enfant que Dieu m'avoit donné,

Parlât à son enfant naissant.

Helas!

Helas ! tu vas mourir avant que tu sois né,
Te voila parvenu au bout de ta carriere,
Sans avoir cheminé en aucune maniere.
Mon corps qui dans son sein t'a tendrement porté,
S'en va avecque toy estre precipité ;
Ce lieu où tu as eu neuf mois ta nourriture,
Sera il aujourd'huy lieu de ta sepulture.
Clotho n'a pas si tost empoigné ton fuseau,
Que sa sœur Atropos coupe de son ciseau,
Le filet de tes jours, & te jette dans l'onde,
Sans que tu sois pecheur, comme les gens du monde
Car tu n'es pas comme eux doublement criminel,
Tu as tiré d'Adam le mal originel;
Iesus qui a voulu estre nostre victime,
T'a purgé par son sang de ce mal-heureux crime ;
Mourant sur une croix en parfait répondant,
Tu t'en vas devant luy comparoistre innocent
Tu atteindras un jour la parfaite stature,
De ce divin Sauveur comme dit l'écriture ;
Helas ! mon Dieu de moy il n'en est pas ainsi,
Mes pechés actuels sont cause de ceci,
Ie m'en vay devant Dieu comme grand' pecheresse,
I'ay peché, j'ay peché mon Dieu je le confesse,
Par le sang de ton Fils mes pechez sont lavez
Ceux qui t'invoqueront ceux-là seront sauvez,
Vous mes autres enfans qui estes dans les flammes ,

Ie

Ie croy que devant Dieu sont à present vos
ames,
Que vous estes desia devant sa majesté,
Et que vous joüissez de la felicité.
Vos ames sont au ciel qui contéplent sa gloire,
Aprés vostre combat vous aurez la victoire.
A Dieu le seul objet de mes affections,
Dieu te donne, mon cœur, ses benedictions,
Mon desolé mary, le grand Dieu te console,
Saches qu'à mon Sauveur ma pauvre ame
s'envole,
Ie delaisse le monde avec sa vanité,
Ie m'en vay maintenant au lieu d'eternité,
Dans le sein d'Abraham où ie seray ravie,
Finissant son propos elle finit sa vie.
Le lendemain matin l'on vid son pauvre corps,
A deux cent pas de là, de l'eau presques de-
hors,
Son visage restreint estoit tout en blessure,
Si iamais a souffert aucune creature,
C'a esté celle là dedans cet element,
Par la rigueur du froid & par le grand tour-
ment
De son enfantement qui la pressoit sans cesse;
Quand l'on songe à cela, le poil du chef se
dresse,
Ou il faudroit auoir le cœur bien endurci;
De voir en méme temps vne autre * femme
aussi
Dans les mémes trauaux, & dans la méme
peine,
Car son mari m'a dit pour chose tres certaine,
Que

**La femme de Guillaume Goury en trauail d'ẽfant,*

Que cette pauvre femme auoit tout apresté
Ce qu'il faut à l'enfant à sa natiuité,
Car le iour precedent elle eust certaine atteinte,
Qu'à son neufviéme mois souffre la femme enceinte;
Quelques moments devant ce funeste accident,
Elle sentit son mal beaucoup plus evident;
Elle fist appeller sa plus proche voisine,
Pour aller recercher la Dame * Catherine,
Afin d'aider bien tost à son accouchement,
Mais il estoit trop tard, car au méme moment,
Ils entendent crier du fonds de l'incendie,
Nous sommes tous grillez, si l'on n'y remedie.
Au feu & au secours, mon Dieu tout est perdu,
Ils n'eurent pas si tost ces propos entendu,
Qu'on les vid en vn coup environnez de flamme,
Lors le pauvre mari dit sauvons nous ma femme;
A moins que de perir dedans l'embrasement,
Elle luy répondit, mon cher amy, comment
Me pourrois je sauver d'vne prompte vitesse,
Dans l'incommodité que i'ay de ma grossesse,
Crois tu que ie puisse estre agile comme toy,
Pren l'vn de nos enfans, porte le sur le toict,
Et viens diligemment cercher son pauvre frere;
Ce faisant tu feras vray office de pere,
Ils te seront tousiours obligez doublement,

& deux autres de ses enfans.

* *La Matrone.*

De

De les avoir tirez de ce fier element,
De leur avoir donné la seconde naissance,
Ils auront ie le croy de la reconnoissance.
Par l'escalier bruslant, il en fust détourné,
Iugez si ce pauvre homme alors fust étonné ;
Voyant de tous costez la Parque qui l'assiege,
Et que malaisement il peut fuïr son piege :
Neantmoins resolu par vn dernier effort,
Pour prolonger sa vie, il hazarde sa mort.
Il se voyoit desia tout couvert d'étincelles
A faute de trouver des cordes ou eschelles;
Il se precipita d'vn estage fort haut
Pour la crainte du feu, il fist au rhosne vn saut;
Et fallust qu'il fuït fort long-temps à la nage,
Avant que de trouver vn asseuré rivage.
Cependant Dieu voulut qu'il ne fust que blessé
Par vn tres habile homme il fust si bien pensé,
Avecques tant de soin, d'addresse, & diligence,
Qu'il fust en peu de iours en sa convalescence;
Il ne la pû payer que d'vn remerciment,
Pour lors il ne pouvoit le payer autrement;
Il ne sauva du feu argent ny chose aucune,
Qu'vn méchãt caleçon qu'il avoit par fortune,
Avecque son pourpoint à la haste habillé,
Qui par certains endroits s'est trouvé tout grillé,
Mais sa chere moitié resta bien desolée,
On l'entendit crier d'vne certaine allée,
Disant à ses enfans il nous faut prier Dieu
Avant que de partir de ce terrestre lieu.
O Dieu! puis qu'il te plaist à present que ie meure,

Et que tu ne veux pas qu'icy bas ie demeure,
Ton tres sage conseil l'a ainsi ordonné,
Voicy les deux enfans lesquels tu m'as donné;
L'autre est dedans mes flancs qui est encor à naistre,
O Dieu tu sçais qu'il est, & ce qu'il devoit estre,
Ie te remets mon Dieu ces deux petits humains,
Reçoy leurs deux esprits en tes divines mains:
Et quant à moy mon Dieu en qui i'ay esperance,
Fortifie mon cœur d'vne sainte constance;
Pour supporter l'espreuve où il me faut passer,
C'est à toy mon Sauveur qu'il me faut addresser,
O mon Dieu! ie t'invoque au fonds de ma détresse,
Aye pitié de moy, au besoin ne me laisse,
Augmente moy la foy toûjours de plus en plus,
Le feu la suffoquant elle ne parla plus.
Vn ieune * hõme attaché au lict par maladie,
En se voyant surpris par ce rude incendie,
Avec sa chere femme & trois de leurs enfans,
Leur servante fidelle avec quelques parens
Chascun de nous, dit-il, sonde sa conscience,
Que nos cœurs soyent touchez par vive repentance;
Il nous faut tous mourir c'est vn arrest du Ciel,
Las qu'vn chascun de nous n'emporte point de fiel,

Iaques Bartholone, sa femme auec trois de leurs enfans, ses beaux freres & belles sœurs, & vne servante iusques

Si

au nombre de dix personnes.

Si nous voulons que Dieu nos pechez nous
pardonne,
Il nous faut pardonner, ainsi qu'il nous l'ordonne;
Ma tres chere moitié si ie t'ay offensé,
Et que mal a propos ie t'aye aussi tansé,
I'estois colere & prompt, beaucoup ie le confesse,
Ie te puis protester, ma tres chere maistresse,
Que ie t'ay estimé & tendrement cheri,
Helas! ie le sçay bien mon fidele mari.
Les poignants aiguillons environnent la rose,
Nos petits differents estöyent fort peu de
chose.
Nous avons nos deffauts, nos imperfections,
Qui nous rendent sujets à milles passions.
Aux plus belles maisons arrive la discorde,
Mais la douceur d'Hymen ces differents accorde;
Nous n'avons jamais eu grande animosité,
Car je ne faisois rien contre ta volonté;
Cela est vray, ma mie, & bien que jeune d'âge,
Tu conduisois fort bien les enfans, le ménage;
Ie serois sans raison de me plaindre de toy,
Ma femme & mes enfans, qu'est-ce que i'apperçoy.
La Mort à nos costez qui de prés nous talonne
Son sablon est coulé, l'heure derniere sonne,
Pour aller à celuy lequel nous dit, venez,
Les benits de mon Pere au rang des premiers
nez,

Dont

Dont les noms sont écrits au grand livre de
vie,
En dépit de la Mort, du diable, & de l'envie,
Ie voudrois mes enfans vous pouvoir soulager,
Ie peris avec vous par le méme danger ;
Pour vous plus que pour moy beaucoup plus
i'apprehende,
Ie prie le grand Dieu qu'à ses Anges il mande,
De porter vos esprits au repos eternel,
Aux nopces de l'Agneau, au festin solennel.
Ie dois dire avec Iob (miroir de patience)
Quand Dieu m'écraseroit, i'ay en luy espe-
rance.
Ie sçay qu'il est vivant, mes yeux contemple-
ront,
Mon parfait Redempteur, que mes mains tou-
cheront.
Oyons quelques propos tenus par vne *femme
Avant qu'à son Sauveur elle rendit son ame;
Parlant à deux enfans qui se fondoyent en
pleurs,
Venez auprés de moy mes pauvres petis cœurs,
Que ie pleure avec vous, & puis que ie vous
baise
Avant que de perir dedans cette fournaise;
Ie sçay pour le certain que Iesus a pleuré,
Sur le triste tombeau du Lazare enterré;
A cause qu'il l'aimoit, il espandit des larmes,
O qu'il nous a aimé! alors que pour nos ames;
Il a versé son sang en grande quantité,
Et enduré pour nous ce qu'avions merité.
La mort de Iesus Christ a eu tant d'efficace

**La femme de Iacob Constanson, auec deux enfans.*

Qu'à chacun des croyans leur pechez elle efface;
Ie puis dire pour vray qu'au partir de ce lieu,
Nos ames s'en iront entre les mains de Dieu.
Si nous pleurons le ſoir, le matin nous conſole,
Ainſi que nous le dit ſa tres ſainte Parole.
Ie vous dis, mes enfans, qu'ainſi de nous ſera
Que demain au matin Dieu nous conſolera.
Philippe Cochon auec cinq enfans.
Vn autre * homme goutteux ayant grande famille.
Perit avec ſes fils & ſa fort ieune fille,
Leur mere ſe ſauva miraculeuſement,
Elle méme ne ſçait quaſi dire comment;
Car ſe voyant du feu ſi vivement ſurpriſe,
Elle s'en échappa toute nue en chemiſe;
Ce n'eſtoit pas ſon heure, & Dieu ne vouloit pas,
Que ceſte nuict là fuſt la nuict de ſon treſpas.
Nous ſommes en ſeurté quand l'Eternel nous garde,
Il ne faut pas cercher vne autre ſauvegarde,
Son mari ſe voyant preſsé de la façon,
Fiſt à ſes cinq enfans cette belle leçon,
Allons, mes chers enfans puis que Dieu nous appelle,
A ſon commandement nul de nous ſoit rebelle;
Autrement ce ſeroit faire nauffrage au port,
Voſtre foy, dit-il, vive à l'heure de la mort.
Et ie vous donneray la couronne de vie,
Laquelle ne peut eſtre aucunement ravie;
Prions, mes chers enfans, ce ſage protecteur,
Qu'il

Qu'il soit nostre pilote, & sage conducteur,
Sa pastorale houlette à present nous console,
Et que son bon conseil nous serve de boussole,
Pour passer tous les flots de ce monde agité,
Et arriver au port de l'immortalité.
Tant plus je vay avant plus il me faut écrire,
Ie pleureray tousiours * la femme qui soûpire ;
Aux travaux de l'enfant depuis le samedi,
Qui fait trembler le cœur à l'homme plus hardi.
O cœur bien resolu d'vne certaine femme,
Qui voyant son mari * s'effrayant pour la flamme,
Luy dit, mon cher amy, tu changes de couleur,
Dis moy en bonne foy où est ta grand valeur?
Toy mesme tu m'as dit qu'estant dedans l'armée,
Afin de t'acquerir vn peu de renommée ;
A monter à l'assaut tu estois fort ardent,
Soubs l'incertain espoir de gagner de l'argent.
Tu n'apprehendois point canons ny mousquetades,
Combien que prés de toy tomboyent tes camarades,
Cela ne te donnoit aucunement terreur.
Quoy ? tu as maintenant plus de crainte & d'horreur
De voir à tes costez tomber tes pauures freres,
Brusler tes cheres sœurs, bon amis & comperes,
N'auras tu pas autant de generosité,
Pour entrer dans le Ciel que dans vne cité,

** Iaquemine Mermod & sa belle fille preste d'accoucher.*

** Louys Mouches & sa femme.*

Où des fiers ennemis te faisoyent resistance,
Mais ceux qui ont en Dieu vne ferme asseurance
Ils entrent pour certain en sa sainte Sion,
Ouuerte par le prix de la redemption,
C'est là où est la paix la iustice & concorde,
Vueille ce grand Sauveur par sa misericorde,
Nous y placer aussi, afin que desormais,
Nous le puissions benir, & loüer à iamais.
Vn Pere fort ancien, * vne mere vne fille,
Qui estoit au travail fort adroite & gentille.
Considerans tous trois ce tres horrible fleau,
Disant, voicy pour nous vn tres fascheux tombeau:
Sommes nous parvenus à la fin de ce monde,
Qui doit souffrir par feu, comme le vieux par l'onde:
Nous reconnoissons donc que Dieu nous veut avoir,
Et dans son paradis nos ames recevoir.
Il faut nous accorder à prendre grand courage
Car aujourd'huy finit nostre pelerinage.
Il nous faut hardiment la mort envisager,
Si elle vient à nous, c'est pour nous soulager,
Dautant qu'elle finit nostre grande misere,
Aussi bien tost ou tard ce chemin nous faut faire.
Tant plus nous differons à partir de ce lieu,
Nous offensons tant plus la Majesté de Dieu:
Prions le d'un bon cœur qu'en la troupe des Anges,
Il vueille nous placer pour chanter ses loüanges.

* *Louys Desinod, sa femme & sa fille.*

Reci-

Reciterai-je encor les travaux, les clameurs
De deux Dames d'honneur, & tres unies * sœurs;
Qui ont perdu leurs biens en ce même incendie,
Mais leurs esprits au Ciel sont au faisçeau de vie,
Helas! elles estoyent sorti de la maison,
Mais je ne sçay comment, & pour quelle raison
Elles vinrent dedans pour prendre quelque chose,
Mais quand il plaist à Dieu de nos cœurs il dispose,
Il a par son conseil tous nos iours limité,
Il leur falloit mourir, c'estoit sa volonté.
Quand au danger de mort elles furent tombées.
Quelles estoyent au feu toutes deux destinées,
L'vne disoit à l'autre, hé bien! que dirons nous
Il nous faut maintenant prosterner à genous,
Et prier d'vn bon cœur la Majesté Divine;
Par Iesus dont le sang est nostre medecine.
Puis qu'il nous a lavé, & qu'il nous a blanchi,
Et de la mort seconde il nous a affranchi,
Laquelle du peché est l'infallible gage,
Pour la premiere mort, ce n'est rien qu'vn passage,
D'vn lieu qui est rempli tout de calamité,
Nous allons posseder pleine felicité;
Et si pour le present le bon Dieu nous retire,
Ce seroit l'offenser que de luy contredire.

* *Les deux sœurs Durand.*

Il faut baiser la main d'où vient le chastiment,
En prononçant ainsi leur dernier testament,
L'vne dit à sa sœur j'estouffe de fumée,
A Dieu dit l'autre aussi, i'ay la bouche fermée.
Sous le même couvert vne * fille d'honneur
Rentre dans sa maison, quoy que sa chere sœur,
Luy dit que le danger estoit trop grand pour elle,
Cela n'empêchast pas la force de son zele,
De retourner dedans sa bruslante maison,
Pour aller à son Dieu faire son oraison:
Disant, s'il faût perir je veux sauver ma Bible,
Voulant encor sortir, il luy fust impossible
De pouvoir eviter les fleches de la mort,
Elle dit c'est à Dieu que i'ay mon reconfort;
O Dieu puis qu'il te plaist de me reduire en cendre,
Vueille mon oraison & ma clameur entendre.
Et dautant que bien tost me faut partir d'ici
Pardonne mes pechez par ta grande merci,
Regarde moy Seigneur, & me sois secourable,
Fay moy ouïr la voix, qui fust si agreable
Au brigand converti, alors que tu luy dis,
Aujourd'huy tu seras dedans le Paradis:
Apres qu'elle eust fini son oraison feruente
Et voyant prés de soy sa fidele servante
Laquelle contemploit les frayeurs de la mort,
Elle luy dit m'amie, allons courant au port.
Maintenant nostre Dieu qui est plein de clemence

* *Françoise Mestrezat & sa servante.*

Met

Met la fin à nos maux, & nos biens il commence,
Il s'en va essuyer de nos yeux toutes pleurs,
Dans vn petit de temps finiront nos douleurs;
Dautant qu'il changera toute nostre tristesse
En consolation, en paix, & en liesse;
De parler encor plus la flamme l'interdit,
En rendant son esprit, voilà ce qu'elle dit.
Ne parleray-je pas d'un fort bon personnage,*
Car ceux qui sont restez luy rendent tesmoignage,
Qu'il estoit ennemi de toute iniquité,
Et n'avoit sçeu commettre vn trait de lascheté
Dans son petit ménage il estoit fort paisible,
Son plus bel entretien estoit la sainte Bible,
Le monde il possedoit sans qu'il fust vn mondain,
Alors qu'il vid le feu prés de luy si soudain,
Il dit Seigneur mon Dieu, comment pourrai-je faire,
Pour sauver avec moy mes enfans & ma mere,
Helas! mes chers amis, cela ne se peut pas,
Vostre vie & la mienne est proche du trespas;
Mais puis que Dieu le veut sa volonté soit faite
En la terre icy bas, comme au ciel elle est faite;
Ainsi l'a enseigné le Sauveur Iesus Christ,
Son Apostre Saint Paul a laisé par êcrit
Que les maux de ce monde & toutes ses souffrances
Ne contrepesent pas en aucunes balances
La gloire du tiers Ciel laquelle est à venir,
Elle commencera pour jamais ne finir.

* *Iean Grec sa belle mere & deux de ses enfans.*

Moïse nous apprend que dix siecles d'années,
Ne valent devant Dieu la moindre des journées,
Rien au monde ne peut valoir l'eternité,
Plaise à nostre Sauveur par sa benignité,
Nous prendre par la main au sortir de ce monde,
Afin de nous placer où toute grace abonde,
Ce bon homme en vn mot mourût Chrestiennement.
I'entends ailleurs le bruit d'vn grand gemissement
D'vn desolé garçon, d'vne niepce * qui crie
D'vne Tante allarmée, & chacun Dieu supplie;
Comme ces trois enfans qui estans au milieu
D'vn tres ardent fourneau, invoquoyent le vray Dieu.
Ma Tante dit alors fort saintement la fille,
Combien que nous voyons que nostre maison grille,
A proprement parler nous n'allons pas perir,
Puis que Christ nous est gain à vivre & à mourir.
Il y a plus de gain en la mort qu'en la vie,
Qui est de mille maux incessamment suivie,
Nous allons recevoir le comble de bon heur,
Bien heureux sont ceux là qui meurent au Seigneur,
Le Saint Esprit le dit pour chose tres certaine,
Qu'ils se reposeront exempts de toute peine.
O Pere & Mere à Dieu, ie vay partir d'ici,
Si je vous ay fasché, je vous crie merci,

*Vn ieune garçon de la Ville de Zurich, Marie Emeri, & Iudith Emeri sa niepce.

A mes

A mes freres & sœurs, ie dis aussi de méme,
Celuy qui frappe est Dieu, par là ie voy qu'il m'aime.
Comme il est tout puissant en depit d'Atropos
Mon ame il logera dedans son saint repos;
Ie m'en vay contempler sa face glorieuse,
Avec les bienheureux ie seray bienheureuse.
I'ay reconnu leurs corps tombez au méme endroit,
Quel spectacle d'horreur! quel cœur ne se fendroit!
En voyant vn seul bras, la moitié d'vne cuisse
Du corps incendié de ce ieune homme Suisse;
Il estoit d'vn Canton où sont nos bons amis
Qui iouïssent de paix malgré leurs ennemis,
Ie prie le bon Dieu qu'il console son Pere.
Fais entendre tes pleurs, Muse, * sur vne mere
Qui void ses quatre enfans en desolation
Taschant de leur donner sa consolation:
Mes filles, nous voicy toutes cinq affligées,
Mais sachez que bien tost nous serons consolées:
Et ie m'en vais vous faire vne comparaison,
Et vous iugerez bien que i'ay bonne raison.
C'est afin qu'à la mort tant mieux ie vous dispose,
Alors que nous avions acheté quelque chose,
Payé de nostre argent, nous l'avons emporté,
Et nous en avons fait nostre proprieté.
Le sang de Christ versé pour le prix de nos ames
Est leur redemption des infernales flammes.

La Vefve Grillet & quatre de ses filles.

Elles sont siennes donc, ayant tant merité,
S'il en veut disposer selon sa volonté;
C'est à nous d'obeïr, quand il nous le commande,
La main qui fait la playe, est la main qui la bande:
Ceux qui croyent en luy iamais ne periront,
Au partir d'icy bas nos ames logeront
Dans l'eternel sejour de sa beatitude,
Recevans de ses biens l'entiere plenitude.
Il en reste plusieurs dont je ne parle pas,
Qui s'en sont tous allez de la vie au trespas;
Car mon discours seroit d'vne trop longue haleine,
Vn homme fort savant a desia pris la peine,
De coucher par écrit comme tout s'est passé,
Il a marqué les noms du mort & du blessé;
Monstrons comme les gens qui sont restez au monde
Ont estez garentis & du feu & de l'onde:
L'vn de mes bons amys * s'esveillant en sursaut,
Cognoissant que la mort luy donnoit vn assaut,
Prit son petit neveu au lict de deux servantes
Leur disant sauvez vous & soyez diligentes;
Ces deux filles helas! voulurent se vestir,
Le feu les engloutit, & n'en pûrent sortir.
Retournons à l'enfant lequel son oncle emporte.
Au haut d'vne maison où il trouve vne porte
Ouverte sur le toit de son proche voisin

Iacques Emeri & un sien petit neveu âgé de deux ans.

Qui

Qui avoit là tout plein de poudre vn magazin,
L'oncle ſachant cela, craignoit vn tel paſſage,
Et fort peu ſe manquaſt qu'il ne perdit courage;
Car il voyoit ce toit de tous coſtez fumant,
Et de l'autre coſté tout eſtoit flamboyant:
Pourtant il y paſſa, mais ce ne fuſt ſans peine,
La fumée l'avoit mis preſque hors d'haleine,
Il marchoit à taſton, comme vn aveugle né,
Alors que de ſa guide il eſt abandonné.
O mon Dieu, diſoit-il, ſois moy pere propice,
Preſerve c'eſt enfant & moy de precipice;
Eternel conduy moy & aſſeure mes pas,
Il diſoit à l'enfant, je ne te quitte pas.
Cependant Dieu vouluſt qu'il vid une chandelle
Au haut d'une maiſon, un bon ami l'appelle;
Par qui ſont le nepveu & l'oncle reconnus,
Las ils eſtoyent enſemble oncle & nepveu tout nuds.
L'heureuſe delivrance qu'il l'a conte pour une,
Sans en attribuer la cauſe à la fortune;
Ce neveu eſt tres fort à ſon oncle obligé,
Maintenant & alors qu'il ſera plus aagé;
Puis que apres Dieu, ſon oncle eſt la cauſe ſeconde
Que parmi les vivans il marche dans le monde.
Vn * garçon de ſix ans eſtant environné
De tous coſtez de feu, de tous abandonné;
D'autant qu'il n'avoit pas en aucune maniere
La force d'eviter le feu & la riviere:

* *François Terroux.*

Cou-

Courant par une allée il cheut tout estendu
Et s'écriant Seigneur mon Dieu, je suis perdu;
Il se leva soudain, Dieu luy donna courage,
Il vid proche du feu certain petit passage
Par lequel s'il sortoit il fuïroit le danger,
Ce qu'il executa, delà se vint ranger,
Où le feu n'estoit pas, en un lieu d'asseurance,
Là où des gens de bien, & de sa connoissance
Le porterent au lict coucher bien chaudement,
A cause qu'il estoit privé d'habillement;
En passant par le bout de la sus-ditte allée,
La plante de ses pieds luy fût toute bruslée,
Cela luy a donné grande incommodité;
Mais il est à present en parfaite santé:
Il fût entre les mains des gens d'experience,
Lesquels ont de leur art tres belle connoissance;
Il en fremit d'horreur quand il songe à cela,
C'est un effet du ciel, qu'il ne demeura-là:
Mais quand il sera grand, il faudra qu'il aduoue,
Que si Dieu la gardé, c'est afin qu'il le loüe.
L'on n'entendoit que cri & que gemissement
Quand ceux qui se sauvoyent, trouvoyent empêchement.
Combien furent cassez de bras, de pieds, de cuisses,
On voyoit s'enfuïr plusieurs meres nourrices
Qui sauvoyent leurs enfans demi emmaillottez,
Les unes sur leurs dos, d'autres à leurs costez.

D'au-

D'autres enfans plus grands suivoyent châcun leur mere,
Tandis que le mal-heur enveloppoit leur pere.
Helas si cette fuite eût esté en Esté,
Cela n'eust pas donné tant d'incommodité;
Quand l'Autan a fondu la neige des montagnes,
Que tout est verdoyant par les belles campagnes,
L'on se peut mieux passer d'habit & de maison
Que dans une cruelle & tres froide saison,
En laquelle ces gens sont chassez de leur giste,
En un mot c'est d'hyver l'épouvantable fuite;
Tout fust à la merci, alors d'un double fleau
On craignoit un air froid, on fuyoit un air chaud;
En foule on vid courir filles, enfans & femmes,
Qui se sauvoyent tout nuds pour eviter les flammes;
Ils seroyent morts de froid & de necessité,
Sans quelques gens de bien qui les ont assisté
Et qui leur ont presté maison pour couverture,
Donné de leur habit & de la nourriture:
Messieurs nos Magistrats y prirent un grand soin,
Pour empêcher le feu qu'il ne passa plus loin.
Il y en eût d'entre eux prenans autant de peine,

Que

Que les ſimples ouvriers qu'ils payent par ſemaine,
Iuſques à s'expoſer en un tres grand danger,
Neantmoins ces gens-là doivent ſe ménager.
Pour le bien general de leur chere patrie
Dieu les conſerve tous dans une longue vie.
Par fois il vaudroit mieux riſquer un regiment
Qu'un grand homme d'Eſtat & de commandement.
Meſſieurs nos bons Paſteurs promptement viſiterent
Nos freres affligez, leſquels ils conſolerent,
Ils nêpargnerent pas en cette aſpre ſaiſon
Le baume de la voix, l'encens de l'oraiſon
Et rencontrans par tout une grande miſere
Chacun d'eux exerceat l'office de bon pere ;
Ils verſerent des pleurs ſur tous les deſolez,
Qui par ces ſaints devoirs furent tous conſolez.
Vn homme Ingenieux qui ſert fort bien la ville
Lequel eſt en ſon art diligent & habile,
Fiſt voir en ce mal-heur ſa grand capacité
Pour empêcher le feu de gagner la cité,
Expoſant en danger par pluſieurs fois ſa vie,
Son exemple donna à peu de gens envie
D'affronter le mal-heur comme il s'y hazardaſt,
Dedans ces grands perils, le bon Dieu le gardaſt :
Sans ceſſe il travailloit ſon corps infatigable

La peine qu'il souffrit est presques incroyable,
Il ne renvoye pas d'agir au l'endemain
A toute extremité, c'est un homme de main.
En la ruë * où estoit quantité de fourrage
Il en fist tout autant, & même d'avantage,
Et ce joly qartier qui estant menacé,
Du feu comme les ponts, n'estoit point terracé,
Fût aussi secouru des soins d'un personnage
Qui a beaucoup d'esprit, d'addresse, & de courage,
Pour servir sa patrie avec fidelité,
Faisant tres vaillamment aussi de son costé:
Ie le dis sans flatter, car je l'ay veu moy-même
Charpentiers & massons firent aussi de même;
Ils s'y porterent tous tres courageusement,
L'on ne peut sans mentir en parler autrement.
Estrange changement! triste metamorphose!
Iamais il ne s'est veu une semblable chose,
Que dans si peu de temps quantité de maisons,
S'en allent à neant fumantes en tisons;
On a veu depuis peu des villes embrasées,
Où six mille maisons ont esté consumées,
Ceux qui en font recit ne nous écrivent pas:
Que tant de pauvres gens ayent passé le pas:
Têmoin l'embrasement du bord de la Thamise,
Tres funeste à la ville, & à la grande Eglise:
Il n'y a pas long temps que ce triste accident
Mit Londres en terreur par un feu si ardent,
Et qui continuant deux semaines entieres,
Fist fondre les canons, les cloches & les pierres

* *Rue des Postillons qui est une partie sur le Rhosne.*

D'une

D'une fort riche place, & d'autres bastimens,
Estans de la cité les plus beaux ornemens ;
Et je ne sçay combien perirent de paroisses,
On ne sçauroit conter la perte des richesses,
Toutes fois peu de gens perirent en ce feu,
Comme je l'ay appris des personnes du lieu.
Pour nos incendiez perdans & biens & vie,
Leur sort est plus fascheux quoy que châcun en die,
Les femmes ont perdu leurs maris, tout suport
Les maris veufs à peine ont evité la mort.
Les eschappez du feu doivent gemir sans cesse
On ne les peut pas croire étre exempts de tristesse ;
Leur playe est fort avant , Dieu la veuille bander,
Il faudra bien du temps pour la consolider.
Vous qui avez perdu vos enfans & vos femmes,
Dieu a mis en repos leurs immortelles ames ;
Vous qui avez perdu vos maris, vos enfans
Sachez qu'ils sont au ciel où ils sont triomphans
Et de ce qu'esperez ils ont la jouïssance,
Ils sont tous bien heureux, vous estes en souffrance ;
Mais Dieu comme mari des vefves se souvient,
A leurs necessitez & besoins il subvient,
Il ne manque jamais d'estre Dieu secourable,
Il touchera le cœur à quelque charitable;
Comme il a desia fait à tant de saintes gens,
Lesquels se sont monstrez à donner diligens ;
Il

Il y a des marchands, des maisons honorables,
A qui plusieurs brûlez se trouvent redevables ;
Ayans eu prompt secours des liberales mains,
Dieu vous remboursera charitables humains.
Ne parleray-ie pas de cette Demoiselle,
Miroir de grand' vertu, & chaste tourterelle,
Puis que l'on sçait tres-bien que dans ce grand mal heur,
Perdant sa marchandise & maison de valeur,
Elle a donné pourtant somme considerable,
Semblable charité, n'est-elle pas loüable.
Fort peu de jours aprés la desolation,
L'on connût la bonté & grande affection,
De plusieurs gens de bien amis de ceste ville,
Qui font profession pure de l'Evangile,
Ie dis que ces gens-là, tant de prés que de loin,
Ont monstré qu'ils estoyent vrais amis au besoin
Envers ces affligez qui dedans cet esclandre,
Ont tout perdu leur bien, & n'on de quoy le rendre ;
Mais ce qu'ils ont donné ne sera pas perdu,
Charitables Messieurs il vous sera rendu
Par les mains de l'Autheur de vos biens & richesses,
Lors qu'il vous comblera de gloire & de liesses,
I'ay eu faim dira-il au jour du Iugement,
Et vous m'avez donné du pain suffisamment,
Vous m'avez en ma soif aussi donné à boire,
I'estois aussi souvent dedans vostre memoire,

Malade

Malade dans un lict, vous m'avez ſubvenu,
Et m'avez habillé lors que j'eſtois tout nu,
I'eſtois pauvre eſtranger en tres grande diſette,
Laſſé d'un long chemin ſans aucune retraite,
Vous m'avez recueilli par hoſpitalité,
Quand j'eſtois en priſon vous m'avez viſité,
Entant que l'avez fait à un mien pauvre frere,
Ie le reçois pour moy, & auſſi pour mon Pere;
Venez, mes bien-aimez, dans l'immortalité,
Recevoir le loyer de voſtre charité,
Avec les bien-heureux pour avoir l'avantage
De jouïr de mes biens & de mon heritage;
Charitables Amis, ainſi Dieu parlera
Lors que toute la terre devant luy paſſera.

LEs Eſtats finiront auſſi bien que le monde,
Quand tout ſera diſſout, l'air, la terre, avec l'onde;
Mais tu és aſſeurée, ô belle charité,
Que tu ſubſiſteras à toute éternité.
Tout ce grand Vnivers, paſſera comme un ſonge,
Le temps qui deſtruit tout, qui devore & qui ronge,
Saura bien renverſer comme il a deſia fait
Tout ce que les mortels ont conſtruit & ont fait.

Où

Où est cette grand Tour, où l'on mit tant de
briques
Dont la hauteur estoit de plus de cinq cens
picques,
Qui avoit en rondeur plus de vingt mille pas,
Tout cela est perdu & l'on ne connoit pas
Le lieu où autresfois Babel estoit construite
Dés que Dieu confondit l'entreprise maudite,
L'orgueil des bastisseurs, qui estoit sans pareil
On vid fondre Babel comme cire au Soleil.
Où sont les Legions de la Gendarmerie
D'une Semiramis la Reine d'Assyrie,
Afin d'executer tous ses plus grands desseins
Elle avoit trente fois cent mille Fantassins.
Cinq cens mille chevaux pour sa Cavallerie
Cent mille chariots en lieu d'Artillerie
Elle avoit sur la Mer deux mille grands Vais-
seaux:
Apres avoir livré batailles & assauts,
Par quarante-deux ans s'estre veu couronnée,
Par les mains de son fils elle est assassinée
Au milieu d'un Palais l'un de ses beaux se-
jours
Tres malheureusement elle finit ses jours.
Où est presentement ce fameux Alexandre
Qui au Roy Darius fit tant de sang espandre,
La mort a triomfé de ce grand Conquerant,
Ainsi tous ses desseins n'ont esté que du vent:
Quant a tous ses amis qui avoyent ses Ar-
mées
Ils sont esvanouïs ainsi que des fumées.
Où sont ces Caldèens la terreur des humains

Où ſont ces Empereurs, & Monarques Romains,
Brutus le conducteur d'vne troupe mutine
Au milieu du Senat un Ceſar aſſaſſine,
Qui pour leur payement n'ont eu pour leur tombeaux
Que le ventre des loups & celuy des Corbeaux.
Où eſt un Baiazet ce grand foudre de guerre
Qui fit en ſon vivant trembler toute la terre,
Les Chreſtiens ont gemi ſous ce monſtre d'enfer;
Mais il s'eſt veu lié d'vne chaiſne de fer
Detenu priſonnier dans une grande cage,
Il mourut de regret, de deſpit & de rage:
Et Tamberlan qui fut de ce Turc le vainqueur
En vn autre combat fut bleſſé dans le cœur.
Il reconnut enfin que la force guerriere
A ſes ſuccés douteux, & qu'elle eſt iournaliere.
Où ſont ces Conquerans tous ces vaillans Guerriers,
Qui dans le champ de Mars moiſſonnoient des Lauriers
Qui n'aprehendoient pas les glaives ny les fléches
Qui couroient les premiers à des ſanglantes bréches,
La Parque qui iamais ne dit i'en ay aſſez
Les a fait trébucher au rang des treſpaſſez.

Où

Où est Capernaüm si haute & en estime,
N'est-elle pas tombée au profond de l'abysme.
Où est cette Cité du chemin de trois iours,
Ninive n'a plus rien que quelques vieilles tours,
Qui ne sont que des creux pour les bestes sauvages
Où sont de Babylon tant de beaux iardinages,
Où est ce monstrueux Colosse & son autheur
Qu'est devenu l'ouvrage avecque l'inventeur.
Où est le Mausolée, & le Temple Delphique:
Où est pour le present Iupiter Olympique;
Pyramides d'Egypte : où est ce grand Fanal,
Qui servoit aux vaisseaux de guide & de signal.
L'on n'apperçoit plus rien de tous ces grands prodiges,
Que des petits fragments de brique pour vestiges;
N'ayant pas mesme vn point de l'ancienne beauté,
Leur place est vn desert, & lieu inhabité.
Tant d'hommes aujourd'huy qui marchent sur la terre,
Tant de braves soldats & tant de chefs de guerre,
D'icy à six vint ans, chacun d'eux s'en ira,
Et des mains de la mort pas vn n'eschappera.

Durant vn siecle seul les Villes & Provinces,
Changeront plusieurs fois de Seigneurs & de Princes.
Le monde est vne mer qui va & qui revient,
Vne lignée passe, & puis vne autre vient:
Tant de beaux bastiments, tant de superbes Villes,
Tous ces riches Palais, des grands les domiciles
Que l'on void passeront, comme les precedents,
Par la longueur du temps, ou par des accidents.
Les vents, les tourbillons, la foudre, le tonnerre
Gastent & perdent tout: vn tremblement de terre
Depuis peu desola * Raguse la Cité,
Tout passa dans ce lieu par la calamité,
Les Temples, les maisons, grand nombre de personnes,
C'est fait de nous, Seigneur, quand l'alarme tu donnes!
Ie fremis quãd ie pense aux horribles malheurs
De l'an six cent dix huit sur la ville de Pleurs,
Couverte d'vn rocher où mille creatures,
Cheurent en vn moment sous des tristes masures:
Alors qu'il plaist à Dieu chastier les humains,

** Arrivé le 6. Avril 1667*

** La Ville de Pleurs dans le Païs des Grisons fust escrasée d'une mõtagne qui tõba sur ladite ville où tout le monde perit l'an 1618.*

Nul ne peut eviter la force de ses mains ;
Car il suprend le sage en sa grande finesse,
Tels rient le matin, qui le soir ont tristesse :
Par là on peut savoir que le monde n'est rien,
Il ne faut rechercher pour nostre plus grand bien,
Que le regne de Dieu & sa sainte justice
Perseverans en foy, en la haine du vice,
Iusqu'à-ce que la mort ait reduit au tombeau
Le jeune & le vieillard, le laid comme le beau:
Estans mangé des vers, on ne pourra connoistre
Les os du serviteur avec ceux de son Maistre,
La raison de cela, c'est qu'ils seront égaux
Puis qu'ils seront coupez par vne mesme faux.
La Couronne des Roix, & la Pourpre des Princes
Font hommage à la mort avecque leurs Provinces.
Voilà, mon cher Lecteur, comme tout passera,
De ce grand Vnivers rien ne subsistera,
Tous les corps finiront dés l'un à l'autre Pole,
Mais à jamais vivra Iesus & sa Parole.

FIN.

Quelque temps avant l'Incendie, des bouts rimez furent donnez par un Homme de condition à l'Autheur pour les revestir, lequel le lendemain fût atteint d'une pleuresie & fiévre continuë, & deux jours aprés sa femme tomba malade, estant sur le point d'accoucher.

SONNET

Le grand mal que je sens me presse par —excés,
Voila pourquoy, mon Dieu, t'invoquant je —soûpire,
Afin que ta bonté soulage mon ——martyre,
Que tu tanses ma fiévre, & chasses ses —accés.

Donne aux medicaments s'il te plaist bon —succés,
Helas! ne me repren en l'ardeur de ton —ire,
Delivre moy, Seigneur, des pieges du —Satyre,
Et pour tous mes pechez ne forme aucun —procés.

Ie sçay

SONNET

Ie sçay qu'à mon prochain souvent j'ay fait--injure,
Et même contre Dieu je me trouve —parjure,
Sa colere sur moy s'allume ——-extrémement.

O Dieu voy des enfans qui sont dans la—bassesse ,
Voy l'incommodité de leur mere en—-grossesse,
Ren le pere aux enfans, leur mere à son—-amant.

www.ingramcontent.com/pod-product-compliance
Ingram Content Group UK Ltd.
Pitfield, Milton Keynes, MK11 3LW, UK
UKHW032005260826
14628UKWH00005B/2276

9 782014 109191